Escritora sumisa

Dominación y sumisión erótica

Erika Sanders

Título

Escritora sumisa

De

Erika Sanders

Serie

Dominación y sumisión erótica

Imagen portada: @ Divya Gupta - Pixabay, 2020

Primera edición: Octubre, 2020

Correo electrónico de contacto:

erikasanders98@gmail.com

Sinopsis

El mayor temor de Samantha era que alguien la reconociera en estas fotos.

Pero ese problema se resolvía mediante el uso de una máscara delgada.

La máscara era pequeña y solo cubría sus ojos y nariz, lo cual era lo suficientemente bueno como para mantener su anonimato.

Escritora sumisa es una novela de fuerte contenido erótico BDSM y, a su vez, una nueva novela perteneciente a la colección Dominación y sumisión erótica, una serie de novelas de alto contenido BDSM romántico y erótico.

Nota sobre la autora:

Erika Sanders es una conocida escritora a nivel internacional que firma sus escritos más eróticos, alejados de su prosa habitual, con su nombre de soltera.

Correo electrónico de contacto:
erikasanders98@gmail.com

ESCRITORA SUMISA
POR
ERIKA SANDERS

PRIMERA PARTE
LA REACCIÓN

CAPÍTULO I

El mayor temor de Samantha era que alguien la reconociera en estas fotos.

Pero ese problema se resolvía mediante el uso de una máscara delgada.

La máscara era pequeña y solo cubría sus ojos y nariz, lo cual era lo suficientemente bueno como para mantener su anonimato.

Ella hizo diferentes poses para el fotógrafo.

Era una sesión de rodaje elegante con un tono sumiso.

Varias cuerdas ataban ligeramente su cuerpo pequeño y delgado, que estaba cubierto con un delgado vestido negro.

Sus muñecas también estaban atadas juntas y ahora se estaban tomado fotos de ella tirada en el suelo.

Era una sesión artística realizada por un fotógrafo local semi famoso, que vendía los retratos en diferentes galerías de arte.

"Así, muy hermosa", decía el fotógrafo, alejándose. "Date la vuelta. Sobre tu estómago. Bien. Date la vuelta".

Fue lo más divertido que Samantha hizo en mucho tiempo.

Se daba la vuelta como una cachorrita de esclavitud.

Entonces ella rodó hacia atrás.

Había una leve sonrisa en su rostro, viviendo su fantasía.

El fotógrafo notó la sonrisa de Samantha, y él le devolvió la sonrisa, tomando más fotos en el proceso.

"Creo que hemos terminado por hoy", dijo, bajando la cámara. "Estuviste excelente".

Ella se levantó y caminó hacia él con las muñecas atadas apuntando hacia adelante.

"Solo hacía lo que me decías", sonrió.

El fotógrafo desató sus muñecas, finalmente liberándola de todas las cuerdas de la esclavitud.

Había pequeñas marcas rojas en sus muñecas.

"Lo siento por eso. Tal vez las puse un poco demasiado apretadas".

Ella sacudió la cabeza y se quitó la máscara.

"No te preocupes por eso. Creo que yo estaba tirando demasiado fuerte. Y se desvanecerán pronto las marcas".

"Chica dura."

"Hablando de ser dura, ¿hay alguna posibilidad de trabajo extra?"

"Depende", respondió el fotógrafo. "Hay una próxima exhibición de arte en unas pocas semanas. Si tus retratos se venden, me encantaría contratarte para más fotos".

Ella sonrió.

"Eso lo espero con ansias".

CAPÍTULO II

Después de vestirse, Samantha fue directamente a su dormitorio.

Todavía quedaba mucho trabajo escolar por hacer.

La clase más desafiante del semestre era su curso de escritura creativa, que se centraba en la elaboración de historias completas.

Esa era la clase en la que quería trabajar más porque le daba una salida para escribir.

A ella le encantaba escribir.

Y ella quería convertirse en novelista algún día.

Lo más importante, le daba una plataforma para comenzar a escribir su primera novela bajo la tutela de un destacado profesor.

Era un profesor al que había admirado profundamente mucho antes de asistir a su clase.

Era un profesor que había escrito varios libros, que Samantha había amado, leyéndolos, mientras crecía.

Esos libros antiguos influyeron en el estilo de la escritura de Samantha, y ella estaba emocionada con la oportunidad de que él le enseñara.

Terminó de escribir el bosquejo de una página de su próxima historia ideada mientras estaba sentada en su cama.

Necesitaba enviárselo al profesor antes de su próxima reunión.

Después de pasar horas escribiendo y pensando, el estado de trance de Samantha se rompió cuando dieron unos golpes a la pared.

Era su hermosa compañera de cuarto y mejor amiga desde la escuela secundaria, vestida solo con una toalla y con el cabello recién secado después de la ducha.

"¿Todavía estás escribiendo tus cosas?" Vicky preguntó.

"Oh, claro, aún estoy con ello".

"Entonces, ¿cómo te fue hoy con tus fotografías?"

Samantha levantó los pulgares.

"Bastante bien."

"Me encantaría ver el nuevo book".

"Espera, déjame comprobar si ya me las ha mandado".

Samantha abrió rápidamente su cuenta de Gmail y vio algunos correos electrónicos nuevos.

Había un correo electrónico del fotógrafo que abrió y descargó el archivo que contenía.

Había treinta y ocho imágenes en total.

"Ya están, te las enviaré de inmediato", dijo Samantha. "Y déjame saber lo que piensas. Personalmente, creo que es algo muy bueno. Me gusta más que lo que hice la última vez".

Por supuesto, Samantha valoraba mucho la opinión de Vicky sobre el asunto, porque su amiga había hecho mucho trabajo de modelaje ella misma, y además planeaba trabajar en la industria de la moda algún día como diseñadora.

Vicky dejó caer la toalla y se quedó desnuda.

"Las echaré un vistazo más tarde. ¿Ya te duchaste? Esa fiesta es en una hora".

"Oh, mierda."

Vicky se puso un sostén.

"Es uno de esos días, ¿eh?"

"Maldición, espera".

Samantha rápidamente abrió su correo electrónico y le escribió un mensaje al profesor.

Ella adjuntó el documento de Word y luego lo envió.

Entonces Samantha abrió otro correo electrónico y le escribió un breve mensaje a Vicky.

Ella adjuntó el archivo con las treinta y ocho fotos de esclava sumisa y envió el correo electrónico.

Después Samantha cerró su computadora portátil y saltó de la cama.

Pasó junto a su compañera de habitación semidesnuda y entró en el pequeño baño, que todavía estaba un poco húmedo ya que Vicky acababa de usarlo.

Se desnudó, luego entró en la cabina de ducha abriendo el grifo para dejar caer una cascada de agua caliente.

Mientras se enjabonaba y lavaba el cabello con champú, Samantha pensó en su próximo proyecto de escritura y en reunirse con el profesor.

Pensó en cómo le explicaría su trabajo.

Cómo lo presentaría ella.

Cómo iba a expresarse.

Los puntos principales que quería transmitir para que el profesor entendiera sus pensamientos y, con suerte, le proporcionara la aprobación y la comprensión que tanto necesitaba.

También pensó en cosas triviales, como qué ponerse.

Ella quería lucir elegante, pero atrevida, sin enviar tampoco señales equivocadas.

Ella quería parecer inteligente sin ser demasiado tensa.

Tampoco quería parecer demasiado simple, o fácil, o perdería el respeto del profesor.

Ella necesitaba verse bien.

Tal vez le pediría a Vicky su opinión más tarde también sobre ese asunto.

Samantha cerró el agua, se secó el pelo y volvió a la habitación del dormitorio, donde Vicky ya estaba vestida, y estaba usando su propia computadora portátil.

"¿Qué opinas de las fotos?" Preguntó Samantha, mirando dentro de su armario.

"¿Te refieres a tu escrito?"

"No, a mis fotos, obviamente".

"Bueno, pues accidentalmente me enviaste tu escrito", informó Vicky. "Se ve bastante bien. No soy muy lectora, pero compraría este libro si lo escribes".

Samantha se congeló.

Sus ojos se abrieron y su estómago se hundió.

Se apresuró hacia su computadora portátil y revisó su cuenta de Gmail.

Revisó sus correos enviados, para ver el mensaje que le había enviado al profesor.

Entonces miró en el archivo adjunto.

"Oh, Dios".

Se cubrió la boca con la mano cuando se dio cuenta de que accidentalmente le envió al profesor las treinta y ocho fotos de esclavitud.

"Mi ... vida ... está ... arruinada", gimió Samantha, derrumbándose en su cama, con ganas de llorar en el proceso.

"Mierda, ¿acabas de enviarle esas fotos a tu profesor?" Vicky se rio de una manera divertida.

Samantha enterró la cara en la almohada.

"No quiero hablar de ello."

"Mira el lado positivo. Si es un tipo normal, probablemente te dará una A por la clase. La desventaja es que probablemente tendrás que chuparle la polla. A menos que sea sexy, entonces te harás con ganas. Tú ya sabes, todo ese tema de profesor / estudiante ".

"Me reuniré con él mañana. Dios, espero que no me denuncie por tratar de solicitar sexo o algo así. Podría ser expulsada de la escuela".

"¿Hay una regla en contra de enviar al profesor fotos de sumisión?" Vicky preguntó.

"No lo sé."

"Bueno, te duchaste súper rápido. Quizás aún no lo haya visto. ¿Por qué no lo llamas y le dices que evite ver tu correo electrónico?

Samantha se sentó derecha, con lágrimas en los ojos.

"Eres un genio."

Buscó en el programa del curso el número de celular del profesor, pero no estaba allí, a diferencia de otros profesores.

El único curso de acción sería rezar para que aún no lo haya visto.

Ella envió otro mensaje de advertencia por adelantado.

Ella envió un correo electrónico con el título: POR FAVOR, NO ABRA EL OTRO CORREO ELECTRÓNICO

"Profesor,

soy Samantha. Tenemos una cita mañana por la mañana. Le envié otro correo electrónico hace unos momentos. Sinceramente espero que no lo haya abierto. Si no, por favor no lo haga. Si es así, lo siento mucho. Fue un accidente.

Aquí le envío mi escrito.

Espero que este error no ponga en peligro nuestra relación académica. Todavía planeo verle mañana para discutir el proyecto de escritura.

Con mis mejores deseos,

Samantha".

Luego adjuntó el archivo con el escrito, revisando que lo hacía bien esta vez.

Una vez que se envió el mensaje, Samantha cayó de nuevo sobre la cama.

Se dio cuenta de que su toalla se había abierto y su seno izquierdo estaba parcialmente expuesto, pero no le importó.

Todavía tenía una fiesta a la que llegar.

Pero no tenía idea de si alguna vez podría volver a divertirse.

CAPÍTULO III

Justo antes de la reunión de la mañana, Samantha se acomodó sacando unas prendas de su armario.

Pantalones de color caqui, una camisa blanca abotonada y un chaleco oscuro.

Informal, pero con clase.

Llevaba el pelo recogido en una cola de caballo y llevaba un maquillaje mínimo.

Lo último que quería hacer era emitir vibraciones eróticas, especialmente después de ese horrendo error del correo electrónico, que el profesor tampoco se molestó en responder.

Ella fue a su oficina en el edificio de humanidades.

Cuando llegó allí, vio, a través de la puerta acristalada, al profesor sentado detrás de su escritorio usando la computadora.

A Samantha le molestó un poco que el profesor estuviera en su computadora, y que nunca se molestara en enviarle un correo electrónico de respuesta.

Oh, bueno, pensó, eso le hubiera ahorrado algo de la incomodidad.

Llamó a la puerta para llamar su atención.

"Justo a tiempo", dijo el profesor. "Cierra la puerta y toma asiento".

El profesor era mucho mayor que ella.

Tal vez tendría unos cuarenta y cinco o cincuenta años, el doble de su edad.

Era bastante guapo, con un comportamiento severo y fuerte.

Había un aire de sabiduría en él, lo que hacía evidente que era una persona muy inteligente.

Cerró la puerta y se sentó en la silla frente al escritorio del profesor.

Se sentó en posición vertical con una postura perfecta, mientras que el asunto del correo electrónico aún permanecía en su mente.

Se preguntó si él lo abordaría o no.

Hasta ahora, ese no parecía ser el caso.

En cambio, el profesor colocó un trozo de papel sobre el escritorio.

Era una copia impresa de la tarea de Samantha, con notas escritas a mano por todas partes.

"Soy de la vieja escuela", dijo. "Prefiero escribir sobre papel y comentar con un bolígrafo. ¿Empezamos ahora?"

Ella asintió.

"Por supuesto."

"Llegaré al asunto en cuestión, me gustan tus ideas. La historia de una joven que ha encontrado su camino en la vida es muy recurrente, pero este es un nuevo giro. Si no recuerdo mal, el primer día del curso, dijiste que querías convertirte en novelista, ¿verdad? "

Ella asintió.

"Así es."

"Y dijiste que querías convertir esto en tu primera novela que esperas publicar algún día, ¿eso también es correcto?"

"Eso es absolutamente correcto. Y no le he dicho esto, pero en realidad soy una gran admiradora de sus libros. Son inspiradores para mí. Y valoro mucho sus comentarios".

"Aprecio las amables palabras", dijo en un tono tranquilo. "Estoy aquí para ti y para todos mis otros estudiantes. Por eso me convertí en profesor, para transmitir mis conocimientos, los que sea que tenga, para ayudar a la próxima generación de escritores".

Samantha lo miró con una mezcla de preocupación y angustia, como si estuviera profundamente humillada simplemente sentada allí.

"¿Algo anda mal?" preguntó el profesor.

Ella reunió su coraje.

"¿Miró el correo electrónico anoche?"

"Obviamente lo hice. Estamos discutiendo tu tarea de escritura, ¿no?"

Se sentía como una idiota.

"No ese correo electrónico. Me refería al otro, ya sabes, el correo enviado por accidente. Había un archivo adjunto. ¿Lo descargó?"

"Es mi trabajo mirar lo que me envían los estudiantes. Entonces sí, cuando vi el archivo adjunto, lo abrí".

"¿Vio mis fotos?" Samantha preguntó retóricamente.

"El encabezado de tu correo electrónico era que era tu tarea. No soy un lector de mentes, Samantha. Sí, vi tus fotos. Pero no te avergüences".

Ella exhaló un breve suspiro de alivio.

"¿Entonces no está decepcionado conmigo?"

"¿Por qué lo habría de estar?"

"Porque su estudiante, que va a una prestigiosa universidad, posara para fotos como esas".

"No juzgo a las personas por explorar otros caminos", respondió. "De eso se trata la vida, ¿no? Descubrir lo que te gusta, lo que no te gusta, y luego tomar decisiones".

"Gracias."

"¿Porqué?"

"Gracias por no ser un imbécil", dijo. "Disculpe mi lenguaje, pero estoy seguro de que otros profesores de esta universidad me habrían expulsado. O eso, o exigirían sexo oral o algo así".

"En realidad, estaba a punto de solicitar tus servicios".

Ella se sorprendió.

"¿En serio?"

"Solo estoy bromeando. Probablemente tengas razón. Otros profesores podrían haber interpretado ese correo electrónico como una solicitud sexual. Pero no soy como otros profesores. Entiendo que las personas cometen errores con los correos electrónicos ".

"¿Qué pasa con las fotos en sí?" ella preguntó. "¿Lo consideras un error de mi parte?"

"¿Tú sí?"

Samantha se sentó erguida y desafiante.

"No, no lo sé. Estoy orgullosa de las fotos que me tomaron. Creo que son hermosas y artísticas".

"Si eso es lo que piensas, ¿quién soy yo para juzgarlo?"

"Me alegro de que hayamos resuelto eso", respondió aliviada.

"¿Por qué no incorporas esto a tu novela? Has insinuado temas de sexualidad para la historia que planeas escribir, así que ¿por qué no incorporar algo de esto? No tienes que entrar en detalles, sino hablar sobre tu misma exploración."

"Honestamente, no sé si puedo hacerlo".

"¿Tienes experiencia con el estilo de vida de esas fotos? ", Preguntó.

Ella negó con la cabeza.

"En realidad, no ".

" ¿Por qué no, si puedo preguntar? "

Samantha pensó por un momento.

"Nunca he encontrado a alguien en quien pueda confiar para hacerlo. Quiero decir, tener relaciones sexuales es una cosa, pero la sumisión es otra cosa. Siento que es mucho más íntimo y debería compartirse solo con la persona adecuada".

"Por eso me gustas. Eres inteligente, talentosa y fuerte. Hay muchos idiotas por ahí. Pero una verdadera relación Amo - sumisa se basa en la confianza y el afecto. El Amo debe respetar a la sumisa. Debe haber confianza. Solo entonces una sumisa puede ser completamente libre para dejarse llevar ".

Una sonrisa apareció en el rostro de ella.

"¿Cómo sabe todo esto?"

"Normalmente no hablo de esto, pero fui un Amo para varias mujeres en mi vida. Las mujeres fueron muy sumisas y me dieron obediencia total. A cambio, las cuidé, emocional y sexualmente. Fueron relaciones basadas en confianza y un entendimiento mutuo ".

Por un momento, Samantha estaba asombrada.

Ella esperaba que la cita en la oficina fuera dolorosamente incómoda.

En cambio, lo que consiguió fue un profesor sexualmente avanzado que aparentemente la entendía.

"Está bien", dijo ella. "Creo que tiene razón. Tiene sentido incorporar algunas de estas cosas en mi proyecto de escritura. No todo lo relacionado con la esclavitud, obviamente, sino la autorreflexión y el descubrimiento".

El profesor dobló el papel.

"Entonces ahora no necesitarás todas mis notas, ya que la historia ha cambiado. Pero llévatelas contigo. Sugiero que encuentres una nueva historia para la segunda mitad de tu novela, junto con un nuevo final. Muchos estudiantes consideran que este curso en sí es revelador. Aprenden cosas sobre sí mismos durante el proceso de escritura. Eso es lo que me encanta de enseñar ".

Una sensación de desilusión se apoderó de Samantha cuando el profesor puso el papel doblado frente a ella.

"¿Se acabó nuestra reunión?" ella preguntó.

"Sí. Obviamente tienes que cambiar partes de tu historia, así que mis comentarios ahí son básicamente inútiles".

"¿Podemos vernos de nuevo? Todavía quería hablar con usted para que me diera algunos consejos de escritura".

"Podemos discutir la escritura una vez que hayas manejado tu trama".

Una sensación de confianza y comprensión recién descubierta se apoderó de Samantha.

Fue como una epifanía.

Su amor por la esclavitud y la escritura aparentemente se unían por primera vez.

Ella asintió.

"Gracias por todo. Es usted el mejor".

"¿Por qué tengo la sensación de que estás planeando algo?"

"Solo mi primera novela", sonrió.

"Quise decir lo que dije. Me gusta el hecho de que eres cautelosa con tus fantasías y tu cuerpo. Si puedo enseñarte una sola cosa, sería no hacer nada estúpido con tu cuerpo. Respetarte a ti misma. Eso es lo más importante Puedo enseñar a una mujer joven como tú ".

En ese momento, Samantha sintió algo por el profesor.

Lo sintió en su mente, corazón y entre sus piernas.

Ella lo sabía.

Y el profesor se dio cuenta de lo que debía estar pensando ella.

SEGUNDA PARTE
LAS IMÁGENES

CAPÍTULO I

Pasaron algunas semanas.

Con el éxito obtenido en la galería de arte, el fotógrafo le pidió a Samantha que regresara al estudio a hacerse más fotografías, y ella aceptó con gusto.

Era su oportunidad de escapar del estrés de la vida y disfrutar de una fantasía.

Además, el dinero que recibiría por ello estaba bien.

Como vestuario llevaba puesto un pequeño atuendo negro, que consistía en un sujetador y bragas de cuero.

También llevaba botas negras.

Finalmente, y lo más importante, llevaba la pequeña máscara negra.

Dios no quiera que alguien la reconociera.

Mientras se colocaba el atuendo y la máscara, Samantha sintió una oleada de emoción al prepararse para la sesión de fotos.

De una manera extraña, ella entendió las necesidades que tenían los adictos.

Esta era su adicción.

Algo que ansiaba emocional y físicamente.

Cuando estuvo lista, entró en el estudio donde el fotógrafo estaba preparando su cámara.

Las luces, los accesorios y los fondos ya estaban puestos en su lugar.

Tuvieron sus charlas y bromas habituales.

Samantha expresó su gratitud y felicidad porque los otros retratos se hubieran vendido bien.

El fotógrafo señaló que todo fue gracias a ella.

"¿Vamos a continuar donde lo dejamos?" preguntó el fotógrafo, sosteniendo la cámara en la mano, con la correa alrededor de su cuello.

"En realidad, me gustaría probar algo un poco diferente hoy".

Él parecía abierto a eso.

"¿Tienes algo en mente?"

"En realidad no. No lo sé. Pero me siento un poco más aventurera".

Él pensó por un momento.

"¿Qué tal enseñar algo más de piel? Sé que siempre has estado preocupada por eso, pero más piel generalmente ayuda con las ventas".

Después de un breve momento de vacilación, Samantha tiró del lado izquierdo del sostén hacia abajo, para revelar parcialmente su pequeño pezón rosado.

"¿Qué hay sobre eso?" ella preguntó.

Él se mantuvo profesional al respecto.

"Podemos hacerlo así. Claro. ¿Qué tal con la esclavitud? ¿Lo mismo que antes?"

"Las manos detrás de la espalda esta vez. Y de rodillas. Me gusta el aspecto vulnerable que tendré".

"¿Había algo en tu café hoy?" bromeó él.

"Déjate. Lo único que ocurre es que soy una mujer con una idea en mente ".

"Lo que tú digas. Me gusta esa idea. Comencemos con esto. Te ataré las muñecas por detrás".

El fotógrafo bajó la cámara y dejó que colgara del cuello.

Luego fue a por las cuerdas.

Samantha se dio la vuelta y se llevó las manos a la espalda.

Antes de que él le atara las cuerdas, ella lo detuvo.

"Espera, espera un momento".

Samantha extendió la mano hacia delante y bajó también un poco la parte derecha del sostén, exponiendo sus dos pequeños pezones rosados.

Luego, rápidamente llevó las manos a la espalda de nuevo.

"Está bien, ahora estoy lista", dijo.

El fotógrafo ató la cuerda y formó un nudo, uniendo las manos de Samantha.

Esto le dio a ella una extraña sensación de satisfacción, especialmente ahora que sus pezones estaban expuestos.

"Ahora estamos listos para seguir. Dame una pose. Como te sientes aventurera hoy, te dejaré improvisar. Haz lo que quieras".

Samantha se enfrentó al fotógrafo, que retrocedió unos pasos y comenzó a tomar fotografías.

Le hacía sentir extraña que un hombre tomara fotos de sus pezones desnudos, mientras tenía las manos atadas.

Fue tan emocionante y sintió un zumbido entre sus piernas y sensaciones de hormigueo a través de sus pezones.

No había mucho que pudiera hacer con sus brazos.

Y estaba acostumbrada a recibir instrucciones mientras modelaba.

Así que el comienzo fue un poco incómodo.

Poco a poco se acostumbró, moviendo los hombros, las caderas y los pies para formar diferentes poses.

Luego se puso de rodillas.

Una pose vulnerable.

Él tomó diferentes disparos desde diferentes ángulos.

Ella se puso de lado.

Le tomó más fotos.

Se dio la vuelta, presionando su estómago y sus pezones contra el suelo.

Le tomó fotos de su trasero.

Luego rodó sobre su espalda, con las manos atadas detrás de ella, los pezones apuntando hacia arriba en el aire.

Le tomó más fotos y sintió una descarga de adrenalina.

Gracias a Dios por la máscara, que le permitía preservar su identidad cuando estas imágenes se publicarían en varias galerías de arte, vistas por Dios sabe cuántas personas.

El exhibicionismo era una extraña emoción para ella.

Pero no tanto como la sumisión.

CAPÍTULO II

Después de una rápida sesión de masturbación en su dormitorio, Samantha se lavó las manos y se acomodó en su cama.

Se sentó derecha con la espalda contra la almohada y la computadora portátil en su regazo.

Recién salida de la sesión de fotos, estaba armada con nuevas emociones y experiencias, lo cual era perfecto para una escritora aficionada como ella.

Abrió el procesador de textos y continuó con su tarea de escritura, que también sería la base de su primera novela.

Ya tenía varias páginas hechas.

Mientras escribía Samantha, se encontró con un obstáculo.

Se preguntó cuánto de su vida personal usaría.

Se preguntó hasta qué punto el personaje de la historia elegirá explorar.

Y explorar ¿qué?

La fantasía de Samantha era la sumisión sexual.

Eso es lo que ella siempre había anhelado.

Eso es lo que ella quería.

Pero poner eso en el libro permitiría a su familia y amigos conocer sus pensamientos internos, porque todos lo estarían leyendo.

Se preguntarían si Samantha estaba escribiendo una historia puramente ficticia, o si estaba expresando sus propios deseos y usando el libro como medio de comunicación.

Era el dilema del escritor.

Afortunadamente, ella conocía al hombre con quien podía hablar sobre esto.

Abrió su cuenta de Gmail y vio que tenía dos correos electrónicos.

Uno de una amiga, el otro del fotógrafo que acababa de enviar por correo electrónico el último conjunto de imágenes que habían hecho juntos ese mismo día.

Pero eso no era importante en este momento.

Ella escribió un mensaje con un encabezado directo: ¿Podemos vernos?

"Hola profesor,

espero que esté bien. El progreso en mi tarea de escritura ha sido constante, pero he llegado a un obstáculo en los términos de la historia.

Más específicamente, estoy luchando con la cantidad de mi vida personal que debería incluir en ella. Y sí, me estoy refiriendo al tema que discutimos en su oficina hace unas semanas. Estoy segura de que entiende cómo debo sentirme al respecto.

¡Ayúdeme por favor!

Samantha"

Envió el mensaje.

Luego leyó el correo electrónico de su amiga y envió una respuesta rápida.

Por último, abrió el correo electrónico del fotógrafo, que tenía un breve comentario junto con un archivo adjunto, que tenía un total de sesenta y ocho imágenes.

Ella descargó el archivo y miró brevemente las imágenes.

Era un poco surrealista verse así a sí misma.

Las manos atadas a la espalda.

La máscara que ocultaba su identidad.

Y sus pezones expuestos.

Las fotos de ella puesta de rodillas y sobre su espalda eran emocionantes.

Los entusiastas del arte erótico definitivamente comprarían esas imágenes en la próxima exhibición en exposiciones de arte.

Estaban brillantemente hechas, pensó Samantha.

Se preguntó brevemente si debería enviar esas mismas fotos al profesor.

Quizás a él también le gustaría verlas.

Obviamente comprende las elecciones de Samantha, lo que ella apreciaba profundamente.

Además, esas imágenes eran algo relevantes para su tarea de escritura, ya que era una expresión de su propia sexualidad y exploración.

Samantha redactó otro correo electrónico con un encabezado corto y un mensaje breve para el profesor.

Adjuntó el archivo con las sesenta y ocho imágenes que el fotógrafo le había tomado ese mismo día.

Le estaba enviando a su profesor más fotos de esclavitud, solo que esta vez, sería a propósito, no por accidente como antes.

Su dedo se demoró un poco sobre el botón 'enviar' del correo electrónico.

Ella dudó.

Luego borró el correo electrónico por completo.

¿Qué pensaría el profesor si ella le enviara otro conjunto de fotos de esclavitud?

Probablemente que se estaba burlando de él, pensó, teniendo en cuenta que le dijo que el otro había sido un error.

O que ella estaba tratando de seducirlo de una manera desesperada.

Llegó un correo electrónico.

Era una respuesta del profesor:

"Por supuesto, mañana estoy libre a las nueve de la mañana. Doy otra clase a las diez de la mañana así que el tiempo es limitado.

Envíame tu historia. La leeré esta noche y podemos discutirla mañana.

Profesor "

Las cosas estaban en marcha y las ruedas se habían puesto en movimiento.

Ella le respondió por correo electrónico con un archivo adjunto de su historia.

Se preguntó qué pensaría él.

CAPÍTULO III

A la mañana siguiente.

La puerta de la oficina del profesor estaba abierta.

Como de costumbre, parecía estar trabajando, mirando algunos papeles en su escritorio.

Samantha se había vestido de manera similar a su última reunión.

Algo casual, pero con clase. No muy sexy, no demasiado mojigata.

Ella no quería enviar las señales equivocadas, especialmente con lo que discutirán.

Después de tocar a la puerta, el profesor vio a la estudiante y la invitó a entrar.

Intercambiaron algunas bromas mientras ella se sentaba frente a él en el escritorio.

Claro, habían hablado muchas veces en clase, pero una reunión privada siempre era más especial.

"¿Lo leyó todo?" ella preguntó.

"Lo hice. Y realmente me gustó", respondió. "Un trabajo sólido. Tienes un buen talento. Creo que tu fuerza como escritora es tu realismo. Hay una gran profundidad en los personajes".

El orgullo estallaba dentro de Samantha, pero ella logró contenerlo.

"Gracias. He pensado mucho en esto ".

"Estoy seguro de que lo hiciste. Como tarea de escritura, este es probablemente un trabajo de nivel A", explicó. "Pero no estás satisfecha con eso, ¿verdad? Estás buscando convertirte en novelista".

"Así es."

El profesor tomó algunos papeles.

"Algunas notas que hice, que quería comentar contigo. Son ejemplos simples para expandir tus descripciones e historias secundarias para que puedas completar un buen libro. Aunque no espero que hagas eso ahora.

Francamente, si cada estudiante me entregara una novela larga me vería sumido constantemente en la lectura ".

Samantha tomó los papeles y sus ojos leyeron rápidamente las notas.

"Esto es increíble. Gracias".

"No hay necesidad de agradecerme".

"¿Hace esto por todos los estudiantes?" ella preguntó.

"Solo para los estudiantes que desean convertirse en novelistas y quieren un nivel adicional de crítica. Siempre estoy dispuesto de ayudar en ese sentido".

"¿Alguna vez te has acostado con una estudiante?" preguntó sin rodeos, sin preocuparse por las posibles consecuencias.

"¿Por qué me preguntas eso?"

"Estoy haciendo una investigación de personajes para mi tarea de escritura".

Él sonrió.

"¿Es así? Eres una chica directa, ¿lo sabías?"

"Las chicas tímidas no pueden entrar a una escuela como esta. Eso es seguro".

"Probablemente tengas razón en eso".

"Entonces, ¿cuál es la respuesta?"

"Lo hice, con una estudiante hace unos años", respondió. "Pero ten en cuenta que no fui un acosador. Nunca he perseguido a una estudiante sexualmente. "

" Entonces, ¿cómo sucedió? "

"Digamos que teníamos un amigo mutuo y nos conocimos en una fiesta. Una fiesta de swingers. Ambos teníamos extremos opuestos del mismo interés. Era una sumisa incondicional. Yo era un Amo experimentado. Puedes imaginar el resto".

"Interesante."

"¿Esto realmente va a estar en tu historia?"

"Probablemente", respondió ella. "En mi historia, la joven forma una relación con un hombre mucho mayor, y que tiene mucha más experiencia en la vida".

"Guapo también, espero".

"Oh, sí."

"Hablando de eso, mencionaste algo en tu correo electrónico acerca de incorporar tu vida personal a tu historia".

Samantha asintió con la cabeza.

"Así es. Mi corazón y mi mente quieren llevar la historia en la misma dirección. La cuestión es que esa dirección involucra, ya sabes, el sexo. La mayoría de los jóvenes pasan por esta fase, donde solo quieren explorar el sexo y su belleza. Supongo que por eso está fluyendo en mi escritura ".

"Y te preocupa que la gente te juzgue en función del contenido de tu historia".

"Exactamente. ¿Pasó por lo mismo con sus libros?"

"Claro que sí. Pero es diferente. Soy un hombre. Eres una mujer joven. La sociedad tiene diferentes estándares para nosotros cuando se trata de sexo. Pero si estás buscando una respuesta de mí en ese sentido, lo siento, no puedo darte una respuesta. Esto tiene que ser tuyo. Este es tu arte, tu historia, no la mía ".

Samantha pensó por un momento y asintió.

"¿Puedo mostrarle algo?"

"Por supuesto."

"Espere un segundo."

Samantha tomó su teléfono y buscó entre sus fotos.

Luego le entregó su teléfono al profesor.

"Esas son de una sesión de fotos que hice ayer", explicó. "Casi se las envié ayer, pero no pensé que fuera apropiado".

Repasó las imágenes explícitas.

"Entonces, ¿por qué crees que es apropiado ahora?"

"Porque valoro su opinión. Y quería mostrarle que tomé su consejo de la última vez que nos vimos. Me dijo que respetara mi cuerpo. Bueno, lo hice. Lo hago. Esas poses fueron idea mía. Esa es mi fantasía y mi expresión sexual como una mujer joven y sana ".

El profesor volvió a mirar las fotos en el teléfono.

"Ciertamente pareces una mujer joven y sana ".

Le devolvió el teléfono y Samantha lo guardó.

"¿Puedo hacerle una pregunta personal?"

"¿Por qué no? Ya nos hemos estado volviendo personales".

Ella tragó saliva.

"Como Amo, ¿qué le haría a su sumisa, si ella estuviera en esa posición? De rodillas con las manos atadas".

"¿Alguna razón en particular por la que quieres saber esto?"

"Solo tengo curiosidad. Ayudará con mi tarea de escritura, ya que entendería lo que haría un verdadero Amo en esa situación".

Él pensó por un momento.

Tal vez estaba pensando en lo que haría.

Tal vez estaba pensando si debería decirlo o no.

Samantha no podía decirlo.

Finalmente, el profesor dio su respuesta:

"Entrenaría tu garganta".

Ella se sorprendió brevemente.

"Yo, supongo que se refiere a ... "

"Garganta profunda. Perdón por el lenguaje, pero eso es lo que haría. Es lo más obvio en esa posición, ¿no? Estás de rodillas. Con las manos atadas a la espalda, no podrás resistirte a mi entrada por boca".

Samantha sintió que su coño se apretaba.

"Eso ciertamente tiene sentido".

"Bueno, así es como creas una buena historia. Te imaginas todos los escenarios y lo que sucedería después. Cómo reaccionarían los diferentes personajes en cada situación. Esta es la forma en que debes pensar".

"Lo sé."

Él levantó una ceja.

"Parece que tienes más de tu historia completa de lo que me enviaste por correo electrónico".

"Le envié todo", dijo con una expresión juguetona. "También tengo muchas ideas, pero todavía no las he escrito. Necesito superar la ansiedad de que la gente conozca mis pensamientos".

"Los autores no pueden superar los límites si sienten ansiedad por lo que la gente piense. Eso es seguro".

"¿Tiene algún consejo para eso?" Preguntó con una voz ligeramente aguda, como si estuviera sugiriendo algo.

"Bueno, he escrito todas mis novelas de la misma manera, que es producir la mejor historia posible que quiero contar, y que esperando que la gente disfrutara leyéndola".

"Tiene sentido."

"Pero no lo recomendaré para ti, dada la naturaleza de lo que hemos estado discutiendo", agregó. "Tiene que ser tu decisión qué tipo de historia quieres contar, qué tan honesta sea y cuánto sexo quieres incluir ".

" ¿Qué pasa si quisiera, ya sabes, empujar los límites?"

" Esa es tu decisión. Pero como he dicho, no seas estúpida al respecto. Este mundo está lleno de personas que quisieran usarte para tener sexo ".

"¿Qué pasaría si quisiera que me usaran? "

El profesor la miró directamente a los ojos.

Ella le devolvió la mirada.

Ninguno de los dos era un ignorante.

Sabían exactamente lo que estaba pasando por la mente de cada uno.

"Soy demasiado viejo para juegos, Samantha," dijo el profesor. "Ya he sido generoso con mi tiempo y la retroalimentación. Entonces, si quieres algo más de mí, no juegues, solo sé una mujer adulta y dilo".

Samantha sintió que su pecho se apretaba.

Ella inhaló y exhaló más fuerte.

"¿Me ayudarás? ¿M enseñarás?" Dijo ya de forma confiada.

"¿Enseñarte qué, exactamente?" preguntó bruscamente, como un maestro regañando a un mal alumno por ser demasiado impreciso. "Sé clara".

"¿Serías mi Amo?"

"Esa elección es un regalo", dijo. "Hay que elegir sabiamente."

Ella respiró hondo.

"¿Acabo de cometer un error horrible? Dios, soy una idiota. Lo siento mucho. Por favor, te lo ruego, no dejes que esto arruine nuestra relación académica. Realmente quiero seguir trabajando contigo".

"¿Eres ruidosa cuando tienes orgasmos?" preguntó sin rodeos.

"¿Perdón?"

"Es una pregunta simple. Creo que me escuchaste bien".

Ella se aclaró la garganta.

"Soy casi normal. Pero todo depende, por supuesto, de mi estado de ánimo y de cómo me sienta".

"Levántate tu camisa, Luego levántate el sostén para exponer tus pezones, como en esas fotos ".

Era el momento de la verdad.

La primera vez que Samantha se sometería a un hombre.

Levantó su camisa cuidadosamente planchada para revelar su vientre desnudo.

Luego más alto para revelar su sostén blanco, que contenía sus pechos algo perturbados.

Luego levantó su sostén para revelar sus pequeños pezones rosados.

"¿Es esta tu idea de dominarme?" preguntó ella, casi desafiándolo a hacer más.

"Es un comienzo. ¿Quieres ir más allá?"

"Si."

"Juega con tus pezones. Pellizca. Aprieta. Me gustaría ver cómo lo haces".

Samantha obedeció al profesor.

Se pellizcó y apretó sus pequeños pezones rosados mientras continuaban mirándose a los ojos.

"¿Es esta mi iniciación?" ella preguntó.

"No exactamente. Todavía no".

Ella continuó acariciando sus tetas.

"¿No lo es?"

"Primero, tendré que ver qué tan valiente eres. Una sesión de fotos es una cosa, la vida real es otra", explicó. "Desabrocha tus pantalones. Juega con tu vagina desnuda para mí. Justo ahí. Llega al orgasmo, pero hazlo en silencio. Luego discutiremos sobre cómo empujar tus límites más adelante".

Ella comenzó a desabrocharse los pantalones.

"Yo puedo manejar eso."

"¿Esto te hace sentir incómoda?"

"Es un poco extraño", respondió ella con un leve encogimiento de hombros. "Pero es emocionante".

Con los pantalones desabrochados, se deslizó la mano derecha por las bragas y se frotó el clítoris.

Mantuvieron contacto visual mientras ella se masturbaba, como si fuera un desafío de algún tipo.

"¿Qué estás pensando?" preguntó.

"¿Realmente lo quieres saber?"

"Por supuesto que sí."

Samantha continuó jugando con su clítoris.

"Ambos haciendo una sesión de fotos juntos. Una sesión de esclavitud".

"¿Qué estaríamos haciendo?"

"Me amarrarías. Entonces entrenarías a mi garganta".

"¿Duro? ¿O suave?"

Ella sonrió.

"¿Por qué no me lo dices tú?"

"Siempre soy amable", respondió, mirando a su estudiante masturbarse para él. "Prefiero tomarme mi tiempo e ir despacio. Si te hiciera garganta profunda, sería casi romántico, de una manera extraña. Iría muy despacio. Asegurándome de que puedas tomar la cantidad correcta. Cuando estás acostumbrada para ello, iría un poco más rápido, un poco más duro ".

Samantha se frotó el clítoris con más velocidad escuchando a su profesor hablar.

Ella imaginaba el escenario que narraba mientras él hablaba.

"Oh Dios ", jadeó, frotándose más rápido.

"Creo que estás lista para ser una sumisa. Y tal vez me gustaría ser tu Amo".

Samantha jadeó las palabras 'oh Dios' otra vez cuando llegó al clímax.

No hubo vergüenza ni parecido cuando ella se corrió, mirando al profesor a los ojos.

Estuvo casi sin aliento por un momento cuando su cuerpo se tensó y luego se soltó.

Ella tembló ligeramente cuando todo terminó.

El profesor se levantó y caminó hacia la estudiante, que todavía se estaba recuperando del orgasmo.

"Bien hecho", dijo.

El profesor colocó el sujetador de Samantha y le metió los senos para cubrir sus pezones.

Luego le bajó la camisa, asegurándose de que estuviera bonita y ordenada.

Luego la ayudó a abrocharse los pantalones.

Cuando el profesor terminó de vestir a Samantha, se veía como nueva, con una expresión brillante en la cara y las yemas de los dedos ligeramente húmedas.

"¿Qué es lo siguiente?" ella preguntó. "Para nosotros."

"¿Lo siguiente? Tengo una clase pronto. Tengo que irme. Y si no me equivoco, también tienes clase pronto".

"La tengo."

"¿Quieres que nos veamos de nuevo?"

Ella asintió.

"Lo quiero."

"¿Solo para discutir tu tarea de escritura?"

Ella dudó, su voz temblando.

"Quiero, ya sabes, continuar esto. Mi entrenamiento. Esta experiencia es útil para mi proceso de escritura".

"¿Y qué más?"

Ella sabía exactamente lo que el profesor quería escuchar.

"Y creo que esto es muy excitante", respondió ella con sinceridad. "Es mi gran fantasía. Me corrí por ti, pensando en ti. Quiero ser tu sumisa".

"El lunes. Ven aquí, a mi oficina, a las siete de la mañana".

"¿Porque tan temprano?"

"En caso de que grites accidentalmente, no quiero que nadie lo escuche".

Los ojos de Samantha se abrieron y su coño se apretó.

CAPÍTULO IV

Durante el fin de semana, ella participó en otra sesión de fotos con el mismo fotógrafo.

En el mismo estudio.

Con los mismos accesorios.

Las imágenes eran más arriesgadas a medida que se sentía cómoda con su sexualidad y preferencias sumisas.

Ella pidió que las cuerdas estuvieran más apretadas.

Ella quería probar a sentir lo que era ser una sumisa real.

Y ella hizo justo eso.

El resultado final fue muy erótico, pero hecho con mucho gusto.

Samantha estaba una vez más de rodillas, con las muñecas atadas frente a ella y una máscara negra en la cara.

Durante la sesión de fotos en todas las expresiones corporales que realizaba, rezumaba una alta sensualidad porque constantemente estaba pensando en que el profesor la estaba entrenando.

De vuelta en el dormitorio, Samantha escribió sin parar y con gran intensidad en su computadora portátil, sentada en su posición de escritura favorita, en su cama, con la espalda apoyada en la almohada.

Su compañera de cuarto, Vicky, yacía en la cama adyacente, vestida solo con una camiseta.

Cuando Vicky estiró su cuerpo, su coño se quedó expuesto, pero ya estaban acostumbradas ambas al cuerpo de la otra.

"Todo lo que haces es escribir", dijo Vicky. "¿Nunca te aburres con esa cosa?"

Samantha siguió escribiendo.

"De ninguna manera."

"Probablemente obtendrás buenas calificaciones este semestre con todo lo que has escrito. Vamos, salgamos a comer hamburguesas y batidos".

"Necesito vigilar mi dieta".

"Entonces solo come la hamburguesa y sáltate el batido".

Samantha hizo una pausa y miró a su compañera de cuarto.

"Esa no es una mala idea. Ha pasado demasiado tiempo desde la última vez que comí una hamburguesa".

"Mi regalo. Y sé exactamente el lugar", dijo Vicky, saltando de la cama.

Samantha estaba a punto de cerrar su computadora portátil cuando recordó algo.

Ella buscó las fotos.

"Espera, ¿puedo mostrarte algo realmente rápido?"

Vicky se acercó y miró las imágenes explícitas de la computadora portátil.

Imágenes de una Samantha parcialmente desnuda, de rodillas, las muñecas atadas, y poses sensuales llamativas.

"Maldita chica", exclamó Vicky. "¿Eres realmente tú?"

"Sí."

"No tenía idea de que pudieras ser tan ..."

"¿Símbolo sexual?" Samantha bromeó. "Trato de mantener ese lado oculto".

Vicky se rió.

"Bueno, hagas lo que hagas, sigue así. A este ritmo, ni siquiera necesitarás un título universitario, podrías ser una modelo profesional".

"Prefiero mi carrera profesional actual".

"Lo que sea que funcione para ti. Mientras tanto, tengo hambre. Vamos a vestirnos".

Samantha observó cómo su compañera de cuarto se acercaba al armario y se quitaba la camiseta, quedando completamente desnuda.

Como de costumbre, Samantha sintió un poco de admiración porque Vicky fue bendecida en el departamento de pechos, con unas grandes tetas que llamaban la atención, pero Samantha trató de no estar celosa.

También se sintió un poco culpable por no haberle contado a su compañera de cuarto sobre la situación con el profesor.

Desde la escuela secundaria, siempre fueron honestas con todo, especialmente sobre los chicos.

Nunca se guardaron secretos la una a la otra.

Pero esto era diferente.

El profesor hizo que Samantha prometiera no contarle a nadie, y Samantha siempre mantenía su palabra.

Antes de bajarse de la cama, Samantha rápidamente abrió su cuenta de Gmail y redactó un mensaje para su profesor.

Ella adjuntó la última versión de su tarea de escritura.

Luego adjuntó las últimas fotos de esclavitud que había tomado ese día.

Enviado.

Samantha guardó la computadora portátil y se quitó la ropa, desnudándose junto a su compañera de cuarto.

Necesitaba urgentemente comer algo cargado de calorías.

TERCERA PARTE
LAS CUERDAS

CAPÍTULO I

Cuando llegó el lunes por la mañana, Samantha ya no estaba preocupada por su atuendo o apariencia.

No como lo había estado en las otras ocasiones que se había reunido con el profesor.

Ella ya estaba acostumbrada a ver al profesor en privado, y ya se había masturbado para él.

Llevaba una blusa sencilla, el pelo recogido en una cola de caballo y maquillaje ligero en la cara.

También era demasiado temprano para ponerse cualquier otra cosa.

También estaban las breves instrucciones que el profesor le envió por correo electrónico la noche anterior.

Él le pidió que usara una falda corta y no se pusiera bragas.

Una solicitud que estaba ansiosa por cumplir, aunque no tenía idea de lo que iba a suceder.

El profesor llegó al edificio aproximadamente al mismo tiempo.

Durante esa hora del día, casi nadie estaba en los alrededores.

Llevaba su bolso de oficina habitual, que contenía habitualmente su computadora portátil y libros para la clase, junto con llaves en la mano para abrir la puerta de su despacho.

En este punto, su relación se había vuelto casual y al verse se preguntaron sobre el fin de semana del otro.

Samantha sintió que se volvía un poco más coqueta con él, y el profesor era mucho menos severo que en el aula.

El profesor cerró la puerta con llave una vez que entraron en la oficina, lo cual era inusual, ya que nunca la mantenía cerrada con llave cuando estaban adentro.

Cuando se sentaron uno frente al otro, la conversación cambió.

"Leí tu documento", dijo. "Y vi tus fotos".

Esto la puso nerviosa por alguna razón que no sabría explicar.

Ella trató de ocultar el hecho de que se inquietó brevemente, ya que no quería mostrarle ningún tipo de debilidad.

"¿Qué pensaste sobre todo eso?"

"Creo que tu escritura es sólida. La estructura de la historia es buena. Gramática impecable. Tienes una gran comprensión del idioma inglés y me gusta que varíes las descripciones. Lo más importante es que la historia y los personajes están bien desarrollados. Casi se siente autobiográfico. Es vívido. Me gusta eso ".

En cualquier otro momento, Samantha se habría sentido completamente halagada por los elogios que acababa de recibir de un profesor que respetaba profundamente.

Pero ahora, mientras estaba sentada sin bragas, eso era lo último en lo que pensaba.

"¿Qué te han parecido las fotos?"

"Eres una mujer joven y bella, Samantha", dijo. "Siempre pensé eso de ti".

"Querías que viniera aquí a las siete de la mañana, cuando no hay nadie más alrededor. Me dijiste que usara una falda. Y tampoco estoy llevando bragas".

"Entonces, has venido aquí solo para ser entrenada, ¿es eso?"

Ella asintió.

"¿Estoy haciendo el ridículo?"

"Levántate y mira hacia adelante".

Samantha se levantó, se ajustó la camisa y la falda para que se viera ordenada y miró hacia adelante.

El profesor también se puso de pie y se acercó a ella, mirando de cerca su joven cara bonita, tratando de leer sus expresiones faciales.

Los labios de Samantha parecieron apretarse.

Su cuerpo estaba tenso y rígido, pero había un pequeño brillo en sus ojos, como si hubiera esperado mucho tiempo por esto.

"Realmente me gustas, Samantha", dijo. "Eres inteligente, motivada, muy amable y hermosa".

"Gracias", dijo ella, casi en un susurro.

"Tengo que decirte que disfruto ser Amo. Es algo que me tomo muy en serio. Y siempre brindo el máximo cuidado a mis sirvientes".

¿Sirvientes? A Samantha le gustaba hacia dónde se dirigía esto.

"Entiendo", respondió ella.

"¿Y tú? Debido a nuestra diferencia de edad y mi posición en la universidad, nunca podremos salir. Nunca podremos volvernos de forma romántica. ¿Eso te molesta?"

"Puedo guardar un secreto. Y estoy demasiado ocupada para tener un novio".

"Entonces, ¿la dulce Samantha está buscando un Amo? Por pura necesidad sexual, ¿no es así?"

"Creo que ya lo sabes", dijo suavemente.

"¿Has pensado en esto? ¿Yo soy tu primer Amo? ¿Entregarte a mí por completo? Nunca voy a por la mitad. Una vez que seas mía, haré lo que quiera contigo. Te empujaré a tus límites. Pero si quieres terminarlo, se habrá terminado ".

El coño de Samantha se apretó.

"Eso es lo que estoy buscando. Siempre quise, ya sabes, ser una sumisa. Y quiero serlo contigo".

"¿Por qué yo?" el preguntó.

Ella se puso nerviosa.

"Por tu experiencia con esto. Me encanta que tengas tanto cuidado. Y me encanta como piensas. Quién eres. Me encanta todo el tema de profesor - estudiante. Me encanta el poder autoritario que tienes sobre mí".

"Levanta la falda".

Samantha levantó su falda para revelar su vagina bien afeitada y su trasero desnudo.

Estaba nerviosa y sus manos temblaban ligeramente mientras sostenía su falda.

"Eres más hermosa en persona que en las fotos", dijo.

"Gracias."

"Ahora inclínate. Pon tus manos sobre mi escritorio. Abre las piernas".

Samantha obedeció.

"¿Qué vas a hacer?"

"Voy a hacerte un gran favor. Esto es para tu tarea de escritura. Me gusta hacia dónde se dirige tu historia. Pero tienes algunas cosas que aprender. Si quieres escribir adecuadamente sobre un viaje sexual, entonces como tu profesor, me gustaría que lo experimentes de primera mano ".

El coño de Samantha se retorció mientras mantenía su posición sobre el escritorio.

Mantuvo la vista al frente mientras el profesor buscaba en su bolsa de oficina.

No tenía idea de lo que estaba buscando, y tampoco quería mirar.

Tenía demasiado miedo de mirar.

Ella simplemente quería dejar que las cosas progresaran.

Sus manos comenzaron a frotar su trasero suave y sus muslos tonificados.

"Qué piernas tan hermosas", señaló. "Voy a poner un tapón en tu trasero. ¿Alguna vez has sentido uno de esos antes?"

"No. ¿Crees que me gustará?

"Si te relajas y haces lo que te digo, disfrutarás de muchas cosas".

El profesor amasó su trasero como si fuera masa.

Apretando fuerte y masajear.

Cuando él extendió su trasero, Samantha se sintió muy expuesta.

Ella sabía que él estaba mirando profundamente en su ano.

Luego lo soltó.

"Esto puede sentirse un poco frío", dijo, abriendo un lubricante.

El cuerpo de Samantha se sacudió cuando el profesor le tocó el ano con sus dedos lubricados, pero ella rápidamente retomó el control, manteniéndose quieta.

Los dedos rodearon su ano antes de empujar hacia adentro, cubriendo su recto con el lubricante anal.

"¿Te gusta el sexo anal?" preguntó.

"Oh, sí. Pero solo si estoy de buen humor. Como puedes ver, estoy un poco apretada allí atrás".

"Se siente así. Ahora relájate, esto se va a sentir un poco incómodo al principio, pero te acostumbrarás. Lo prometo".

Después de alejar su dedo, el profesor presionó un tapón contra el anillo del ano de Samantha.

Era de cuatro pulgadas.

Manejable para cualquier señorita.

Dio un suave empujón y el tapón pasó a través del anillo de su ano, gracias al lubricante.

El cuerpo de Samantha se retorció y jadeó, pero mantuvo la compostura.

Lo empujó hasta que estuvo completamente adentro.

El tapón trasero estaba diseñado para entrar las cuatro pulgadas, luego era detenido por una superficie plana, para que Samantha pudiera sentarse más tarde sin demasiados inconvenientes.

"Ahora, voy a insertar algo en tu vagina", dijo. "Un pequeño vibrador que solo yo puedo controlar".

Samantha meneó el trasero.

"Estoy a tu merced".

"Buena chica."

El profesor buscó en su bolsa de oficina y sacó un pequeño vibrador de unas seis pulgadas, que tenía unas correas para poder atarse.

Él separó los delgados labios marrones de Samantha, revelando su abertura rosa.

Estaba mojada, por lo que sabía que ella estaba excitada.

Luego presionó el vibrador contra su agujero mojado y empujó.

La entrada fue fácil, especialmente porque las piernas de Samantha estaban abiertas y su sexo estaba excitado.

Pulgada por pulgada, el vibrador se abrió paso dentro del coño de Samantha.

Ella presionó su mano sobre la mesa, disfrutando la sensación de la entrada, y también disfrutó el hecho de que era el profesor quien lo hacía.

Una vez que el pequeño vibrador estuvo completamente adentro, el profesor sujetó las correas alrededor de las piernas y la parte trasera de Samantha, hasta que el vibrador estuvo totalmente seguro.

"No importa cuán fuerte vibre esa pequeña cosa, no iré a ninguna parte". Pensó ella

"Ahora toma asiento", dijo el profesor.

Samantha se enderezó, se arregló la falda y volvió a sentarse en el asiento, frente al escritorio.

Era un poco incómodo como había esperado.

Era la primera vez que usaba un tapón trasero, y era extraño sentarse.

Su recto estaba estirado y sentía que su trasero ya le estaba doliendo.

El vibrador atado dentro de su coño también era una sensación extraña.

Nunca había sentido algo así antes.

Por lo general, cuando algo de esa forma y tamaño estaba dentro de su coño, Samantha estaba boca arriba, o a cuatro patas, sin sentarse.

Combinado, el sentimiento era surrealista.

Sus dos agujeros estaban llenos de juguetes sexuales.

Y era por una razón.

Tan incómodo como era, también era sexualmente emocionante.

"A continuación, te voy a atar a la silla", dijo.

Ella tragó saliva.

"Puedo manejar eso".

El profesor fue fiel a su palabra.

Dentro de su bolsa de oficina había cuerdas de color azul que parecían tener una textura suave.

Cuando la muñeca izquierda de Samantha estuvo atada al sillón, ella vio que tenía razón.

La cuerda se sentía suave contra su preciosa piel.

El nudo que hizo el profesor parecía profesional y correcto.

Y lo hizo con la cantidad perfecta de presión.

El mismo proceso se repitió con su muñeca derecha.

Luego vinieron sus tobillos.

Ella observó al profesor repetir hábilmente el proceso con cada uno de sus tobillos.

Ella lo miró y se maravilló de sus habilidades.

Ciertamente era un Amo experimentado, especialmente cuando se trataba de cuerdas, pensó.

No es de extrañar que el profesor fuera tan comprensivo sobre las fotos de esclavitud de Samantha, ya que tenía exactamente el mismo fetiche, pensó.

Cuando terminó, Samantha estaba completamente atada a la silla, con juguetes sexuales en el trasero y la vagina.

Este era un tipo diferente de euforia que participar en una sesión de fotos.

Esta era la vida real.

Y estaba completamente a merced de su profesor, a quien admiraba profundamente.

Él se echó hacia atrás, con el trasero apoyado contra su escritorio, mirando su obra.

Samantha atada al asiento.

"Desearía que pudieras verte a ti misma", dijo el profesor. "Tan hermosa, tan indefensa. La muestra perfecta de sumisión".

Ella asintió.

"Gracias a ti."

"¿Es esto lo que esperabas? ¿Cómo te sientes? ¿Te arrepientes de esto? ¿Te resulta humillante? Dime y sé precisa."

Ella reunió sus pensamientos.

"Me siento viva. Como si estuviera a salvo contigo. Porque sé que nunca me harías daño. Hay un consuelo en eso. Y me encanta estar bajo tu control. Tu control sexual. Entregarme a ti. No sé si alguna vez pudiera explicarlo completamente, pero así es como me siento ".

"Ahí está", señaló. "Esos son los pensamientos que necesitas estar pensando para convertirte en una gran novelista algún día. Te estás convirtiendo en una mujer en sintonía consigo misma. Floreciendo".

"También quiero sentirlo ".

"Estoy un paso por delante de ti", dijo, sosteniendo un pequeño dispositivo. "Estos botones controlan el vibrador dentro de ti. Lo que significa que ahora controlo tu cuerpo y tu mente. ¿Todavía deseas experimentar el estilo de vida que has estado ansiando por tanto tiempo? "

" Sí ... "

Tan pronto como esas palabras escaparon de sus labios, el profesor presionó un botón que provocó la activación del vibrador.

Todo el cuerpo de Samantha se sacudió y su rostro hizo una mueca.

Sus brazos involuntariamente tiraron de las cuerdas cuando ella tiró, pero fue en vano, las cuerdas eran demasiado fuertes.

"Ese es solo el primer paso", dijo.

El juguete sexual continuó vibrando en su coño.

"Oh, Dios, eso se siente ... nunca antes había usado un vibrador así. Se siente tan ..."

El profesor observó atentamente a la estudiante retorcerse mientras presionaba otro botón, subiendo la potencia del vibrador otra muesca.

Samantha parecía sin aliento cuando sus ojos se abrieron y su boca formó una O.

Parecía que estaba sin aliento momentáneamente mientras el vibrador hacía su magia.

"Esta es la esencia de la sumisión", dijo el profesor. "Estoy en completo control. Estás completamente perdida. Y es mi deber hacer que te corras. Ahora, ya no tienes que preguntarte cómo es. Lo estás experimentando de primera mano, ¿no es así?"

Ella luchó por hablar.

"Sí ..."

"¿Te gustaría llegar al orgasmo?"

Ella asintió.

"Sí ..."

Su voz se apagó cuando la vibración se volvió abrumadora.

Luego el profesor presionó el interruptor que llevó el vibrador a la muesca más alta.

Esto hizo que todo el cuerpo de Samantha se sacudiera y sus manos se apretaran.

Sus nalgas se apretaron involuntariamente contra el tapón de su trasero.

Sus ojos se cerraron y gimió fuertemente.

Cuando Samantha lloró y gritó, el profesor bajó el vibrador a la primera muesca y Samantha pudo calmarse.

"Eres demasiado ruidosa", señaló el profesor. "Podríamos ser atrapados si gritas así".

"Lo siento mucho", respondió ella, respirando con dificultad mientras el juguete sexual todavía zumbaba en su coño. "Eso fue tan intenso. Nunca había sentido algo así antes".

"Pero aún quieres llegar al orgasmo, ¿no?"

Ella asintió con los ojos como una linda cachorrita.

"Por supuesto que sí."

"Entonces tendré que amordazarte de alguna manera. ¿Alguna sugerencia de lo que puedo meterte en la boca, para mantenerte callada?"

Era una pregunta retórica.

Ambos lo sabían.

Samantha era lo suficientemente inteligente como para captar lo que el profesor sugería.

Y ella también lo quería, con todo su corazón.

"Tu polla".

Él sonrió.

"¿Solo para mantenerte callada? ¿O quieres que entrene tu boca?"

"Quiero ser entrenada. Garganta profunda, justo como he estado fantaseando".

"Buena chica."

El profesor dejó el control remoto y comenzó a desabrocharse los pantalones.

Samantha observó con ansiosos ojos cómo el profesor se liberaba.

Ella notó que él estaba casi completamente erecto y su tamaño era bastante impresionante.

Eso solo la excitaba más.

Dio un paso adelante, con la polla colgando frente a la cara de Samantha, con el control remoto de nuevo en la mano.

"Voy a poner mi polla en tu boca", dijo. "Vas a chuparla. Y vas a ir hasta garganta profunda. Al mismo tiempo, voy a hacer que te corras con el vibrador. ¿Me entiendes? "

" Sí ", asintió.

"Recuerda este sentimiento. Usa este sentimiento para tus escritos. Tal vez te encantará. Tal vez lo odies. Pero al menos lo has intentado".

"Lo quiero. Más que nada".

Con eso, el profesor guió su polla hacia la cara de Samantha.

Ella abrió la boca y la aceptó.

Se deslizó entre sus labios y ella envolvió sus labios alrededor de él, chupándolo.

El profesor jadeó.

"Tienes la boca como un ángel", señaló. "Sigue chupando".

Y Samantha lo hizo.

Ella chupó y movió su cabeza lo mejor que pudo.

Todo lo que podía hacer era mover su cuello hacia adelante y hacia atrás.

Ella trabajó con sus labios y su lengua.

Ella proporcionó una buena succión para él, y giró su lengua alrededor de la punta de su erección.

Era algo que ella sabía que los hombres amaban absolutamente.

Y a ella le encantaba hacerlo.

También le encantaba sentir que su polla se endurecía en su boca.

"Relájate", dijo. "Voy a ir más profundo. No luches contra eso".

El profesor puso una mano en la parte superior de la cabeza de Samantha, luego empujó suavemente, llevando su pene más profundo.

Ella se atragantó un poco, luego él retrocedió.

Ahora conocía los límites orales de Samantha.

La chica tenía un reflejo estándar de nauseas.

Volvió a entrar, solo donde estaba el reflejo de las náuseas de Samantha, y hasta ahí llegó.

Quería entrenar su garganta sexualmente, no hacerla vomitar.

"Ahora es cuando voy a hacer que te corras", dijo. "Relaja tu cuerpo. Ahora estás bajo mi control".

El profesor presionó el botón y el vibrador volvió a la muesca más alta.

Samantha se retorció en el asiento tratada como una esclava.

Sus nalgas una vez más apretaron el tapón en su pequeño agujero.

Sus ojos se humedecieron.

Sus manos formaron nudos apretados.

Sus dedos se apretaron dentro de sus zapatos.

La pequeña oficina se llenó con el sonido del vibrador pequeño pero poderoso, trabajando su magia dentro del coño mojado de Samantha.

También hubo sonidos de náuseas y chillidos amortiguados en la boca de Samantha.

Sonidos lascivos de chupar y sorber.

"Sigue chupando", dijo. "Puedes hacer ambas cosas. Chúpalo y ten tu orgasmo al mismo tiempo".

Samantha volvió a concentrarse en chupar la polla del profesor.

Tal vez eso eliminará los sentimientos extremos en su región inferior, pensó.

Ella hizo todo lo posible para mover su lengua alrededor del miembro, pero era difícil ya que la polla estaba hasta su garganta.

También trató de trabajar con sus labios lo mejor que pudo.

Nunca antes había hecho garganta profunda con un chico, así que esta fue una experiencia de aprendizaje inusual para ella.

Mientras chupaba, las sensaciones en su coño crecieron hasta convertirse en una intensidad poderosa.

La presión crecía y crecía.

También lo hizo el dolor que causaban las vibraciones prolongadas, junto con el dolor en su recto y el dolor donde estaban atados sus extremidades.

Ella hizo un sonido amortiguado por su polla.

"¿Estás cerca de correrte?"

Sus ojos llorosos miraron al profesor.

Con ojos de cachorrita.

Ella asintió levemente, lo mejor que pudo, sin lastimar la polla del profesor.

El profesor sonrió.

"Córrete para mí, cariño. Solo relájate, y deja que suceda".

Samantha cerró los ojos y se concentró en chupar la polla, que estaba en su garganta, junto con los poderosos sentimientos en su región inferior.

Efectivamente, llegó el orgasmo.

Ahora ya no pudo mantener el apretón de sus puños y dedos de los pies.

Sus músculos se estaban relajando.

Le dolía el cuerpo.

Ella sintió una liberación poderosa en su coño.

La presión alcanzó su clímax y el orgasmo fue más allá de las palabras.

Cuando llegó, se sintió en chorros.

Los fluidos brotaron de su coño, cubriendo el vibrador y haciendo un desastre donde estaba sentada.

Normalmente, estaría aterrorizada por el desorden que estaba haciendo en su falda, ya que tendría que caminar por los pasillos y atravesar el campus con esa mancha del orgasmo.

Pero este no era un momento normal, no en ese momento.

Lo único que le importaba era ese sentimiento intenso.

Nada más importaba.

Que le dieran a la falda mojada.

Este fue el orgasmo más increíble de toda su vida.

Ella respiró pesadamente con los ojos cerrados.

Luego se relajó y suspiró.

Fue entonces cuando el profesor supo que acababa de terminar de correrse.

No tenía sentido molestar a Samantha más, así que apagó el vibrador.

"Fue hermoso", dijo. "Pero ahora es mi turno. ¿Todavía tienes energía?"

Levantó la vista y asintió, con los ojos formando lágrimas por el orgasmo que acababa de experimentar.

El profesor meció las caderas.

Para el acto final, quería follarle la boca y la garganta, y estaba haciendo exactamente eso.

Ella continuó chupando.

Cuando volvió su energía, volvió a trabajar con su lengua, junto con sus labios.

"Trágatelo", dijo.

Sostuvo la cabeza de Samantha quieta con una mano, y con la otra mano, acarició furiosamente el miembro de su polla dura y furiosa, mientras la punta de su erección estaba en la cálida boca de Samantha.

Samantha se sintió orgullosa de haber podido hacer que el profesor estuviera tan duro, y esto funcionó.

La hacía sentir sexy, deseable y deseada por él.

El orgasmo se disparó en la boca de la estudiante.

Chorro tras chorro de semen entró en la boca de Samantha, en su lengua y en su garganta.

Con cada chorro de semen, Samantha tragaba.

Era algo que le gustaba hacer, especialmente ahora para el hombre que acababa de darle ese memorable orgasmo.

Ella disfrutó el sabor y la textura de su semen.

Lo saboreó en su boca.

Lo giró con su lengua.

Esto no era algo que ella pronto olvidaría.

Ella continuó chupando hasta que todo salió.

Luego, cuando el semen se detuvo, giró la lengua alrededor de la cabeza de su polla y lamió la abertura.

Cuando la polla se volvió suave, dejó que se le cayera de la boca y le dio a la cabeza un beso de despedida en el proceso.

Samantha miró a su profesor, que la estaba mirando.

Sus ojos se encontraron.

Había una comprensión sutil entre ellos.

Sabían lo que pensaba el otro.

Samantha era una chica sumisa que finalmente pudo experimentar su fantasía.

Y el profesor era un hombre que podía disfrutar de su amor por la formación de mujeres.

"Esa es la experiencia de ser sumisa", dijo. "Ahora lo sabes. Haz lo que quieras con ese conocimiento".

"Me encantó. Cada segundo", suspiró y se tomó un momento para recobrar la compostura.

"Me complace que hayas experimentado lo que querías. Si eres una buena chica, podemos hacer esto de nuevo".

Ella le dedicó una sonrisa tierna:

"Mejor. Porque estoy escribiendo una larga novela".

Cuando el profesor desató las muñecas de la estudiante, le dio besos suaves en la frente.

Era un Amo compasivo.

Y Samantha era una sumisa muy curiosa y tenaz.

Por supuesto que lo volverían a hacer, pensó.

FIN

www.ingramcontent.com/pod-product-compliance
Lightning Source LLC
LaVergne TN
LVHW090128160826
845673LV00015B/1105

* 9 7 9 8 2 2 7 2 9 3 2 3 7 *